Il Romanzo dei Rimpianti
Leroy Vincent

Traduzione di Sabrina Leone

"Il Romanzo dei Rimpianti"
Autore Leroy Vincent
Copyright © 2017 Leroy Vincent
Tutti i diritti riservati
Distribuito da Babelcube, Inc.
www.babelcube.com
Traduzione di Sabrina Leone
"Babelcube Books" e "Babelcube" sono marchi registrati Babelcube Inc.

Il Romanzo
Dei Rimpianti

LEROY VINCENT

Il Romanzo Dei Rimpianti

Storie Vere di Amori Mancati
Leroy Vincent

Copyright © 2016. Tutti i diritti riservati.

Nessuna parte di questa pubblicazione può essere riprodotta, immagazzinata in un sistema di recupero o trasmessa in alcun modo con qualsiasi altro mezzo, elettronico, meccanico, fotocopia, registrazione o altro, senza la preventiva autorizzazione dell'autore, salvo quanto previsto dalla legge statunitense sul diritto d'autore.

Tutti i personaggi del romanzo sono di pura fantasia. Ogni riferimento a persone, viventi o decedute, è puramente casuale.

Le opinioni espresse dall'autore non sono necessariamente quelle di Revival Waves of Glory Books & Publishing.

Pubblicato da Revival Waves of Glory Books & Publishing
Casella Postale 596| Litchfield, Illinois 62056 USA
www.revivalwavesofgloryministries.com

Revival Waves of Glory & Publishing è impegnata per eccellenza nel settore dell'editoria.

Grafica Copyright © 2016 by Revival Waves of Glory Books & Publishing. Tutti i diritti riservati.

Pubblicato negli Stati Uniti d'America

Racconto N.1

Racconto N.1

Dopo aver parlato con un ragazzo online per diversi mesi, l'ho incontrato per la prima volta. Quando, finalmente, ci siamo incontrati, ero troppo timida e la situazione era impacciata. Mi sentii delusa perché online potevo parlare con lui di tutto ma con il passare del tempo abbiamo smesso di chiacchierare. Ora siamo ancora amici ma non parliamo spesso.

Racconto N.2

C'era questo ragazzo che frequentava la mia scuola media. Ero molto attratta da lui, parlammo tanto e uscivamo spesso. Una volta ci siamo baciati ma, per qualche ragione, rifiutò di andare oltre. Mi è sempre piaciuto e con il passare degli anni lo trovai su Facebook e lo aggiunsi agli amici. Era sposato.

Un giorno, mentre andavo a trovare mia madre a casa sua, che era sei ore e mezza lontana dalla mia, si fece vivo e disse che aveva letto i messaggi che avevo inviato su Facebook ma sua moglie non lo lascerebbe parlare con altre donne. Mi disse che non andavano d'accordo e stavano per divorziare.

Mi invitò ad uscire a Capodanno. Mi fece usare la sua macchina e mi insegnò a guidare. Andammo in questa discoteca ma io stavo molto sulle mie perché sono così e, inoltre, è sposato. Penso che, quella notte, stesse cercando di rendermi parte di lui e farmi ballare, divertirmi ma non funzionava e non credo che stesse per divorziare con la moglie. Ci baciammo ma non lo fece più.

Dopo quell'anno, divorziò dalla moglie e iniziò a frequentare una ragazza con la quale ebbe una storia per alcuni anni. È sempre stato un buon amico con cui parlare e, per lui, ho sempre mandato al diavolo gli altri. Mi chiedo spesso, se abbia perso la più grande occasione per stare con lui per sempre.

Racconto N.3

Quando avevo vent'anni, ebbi una relazione con un uomo, austriaco, di ventiquattro anni. Dopo nove mesi trascorsi insieme, fece ritorno in Austria. Mi chiese di andare con lui. Cercò college e corsi per la mia formazione. In quel periodo non mi sentii pronta a una così grande responsabilità, così andai in Irlanda per laurearmi. Alla fine sposai un irlandese. Due anni più tardi, incontrai il mio spasimante austriaco. Non cambiò nulla. Andavamo ancora d'accordo. Era ancora stupendo. Era ancora attratto da me. Eravamo sposati con altre persone. Ci dicemmo addio e decidemmo di non restare in contatto. Mio marito è un ubriacone e non abbiamo gli stessi valori. Sono al corrente della vita del mio ex grazie ad alcuni amici. Mi sono pentita di non essere andata in Austria con lui.

Racconto N.4

Mia moglie ed io stavamo camminando in una strada piovosa di Manhattan, quando entrammo nel primo bar (economico) che incontrammo, dove ordinai due birre. Ora, con i miei 50 anni e con tanta fortuna, un uomo dovrebbe acquisire quella cosa sfuggente chiamata saggezza. So che non c'è niente di più interessante ma raro nella vita, che creare una vera intesa con qualcuno. Sono sempre stato troppo sentimentale ma, in tutta onestà, non mi sono mai sentito più a mio agio con altri se non con lei a mezzanotte in quel bar poco illuminato.

Racconto N.5

Penso che con il mio amico Matt ci sia sempre stato qualcosa ma lo abbiamo sempre ignorato. Viveva a circa due ore di distanza e penso sia per questo motivo che non abbiamo mai avuto una relazione. Vorrei averglielo detto come mi sentivo, forse sarebbe successo qualcosa. Beh! Vivi e impara.

Racconto N.6

Ero molto innamorata del mio compagno, fino a quando non mi prese in giro. In quella situazione, mi sentivo impotente ed ero in uno stato in cui avrei fatto qualsiasi cosa per lui. A volte mi vergognavo a chiedergli qualcosa o un favore. Sono stata molto sincera con lui e molto innamorata.

Osservai il suo comportamento scorretto e ci separammo. Lo lasciai e tornai. Ora mi sento veramente bene senza questo suo atteggiamento e comportamento sciocco.

Racconto N.7

Alla scuola media, nel 1987, ero attratto da una ragazza con un grande seno. Era provocante e promiscua. Ero attratto da lei ma avevo troppa paura di agire. Così andai a casa e mi chiusi nel bagno del piano inferiore di casa mia per compiacermi, invece di chiederle di uscire.

Racconto N.8

Ebbi la mia prima cotta all'età di undici anni. Stacy era una mia compagna di classe. Doveva essere evidente. Non lo so. Avevo conservato un posto davanti a lei, contro la parete, lontano da tutti i miei amici. Nessuno disse nulla e continuai a giocarmela come se nulla fosse. Eravamo al quinto anno, quando iniziò tutto. Il più bel giorno, quell'anno, fu quando mi chiese di accompagnarla al ballo durante l'ora di attività motoria. Cercai di chiederglielo io ma ero troppo nervoso perché dicessi quelle parole, poiché era seduta nella fila al centro. Il video sulla Virginia non fu mai così divertente, tanto da trascorrere settimane a parlarne.

L'anno successivo ero alla scuola media. Non fummo più in classe insieme. Mentre cercavo il coraggio per parlare con lei, la sua famiglia se ne andò. Mi è dispiaciuto per anni di aver perso quell'occasione.

Racconto N.9

C'era questa ragazza al liceo, tanto tempo fa, per la quale ho avuto una grande cotta. Trascorremmo del tempo insieme e uscivamo ma solo come amici, non le ho mai detto nulla. Mi è dispiaciuto tanto perché ora ho capito che piacevo anche a lei.

Racconto N.10

Una relazione, che non iniziai mai, fu con un uomo conosciuto tramite un amico. Era molto bello, aveva la sua vita e, apparentemente, sembrava essere interessato a me prima che lo capissi. Ero diventata madre da poco e non avevo un appuntamento da quando ero rimasta incinta. Ho smesso di vedere il padre di mio figlio da quando, una volta, mi ha spaventata e sto cercando qualcuno che metta me e mio figlio al primo posto. Non voglio che qualcosa o qualcuno interferisca con la salute della nostra vita.

Ho conosciuto quest'uomo durante la notte delle mamme, che si tiene solo due volte l'anno. Il giorno dopo ci siamo incontrati, mi ha inviato una richiesta di amicizia su Facebook. Dopo un po', chiacchieravamo su un post pubblicato da entrambi e abbiamo iniziato a scambiare messaggi anche con il telefono. Andammo avanti per mesi e in un'altra notte delle mamme si presentò e parlammo tutta la notte.

Dopo quella notte, mi chiese di uscire diverse volte e invitò me e mio figlio a uscire per prendere un gelato, andare allo zoo e al negozio di giocattoli e così via. Non ho mai accettato gli inviti, perché era da tanto che non uscivo per un appuntamento e mi vergognavo un po'.

Dopo due anni di rifiuto, finì di scrivermi e quant'altro. Restammo amici ma partì. Ora penso che, se avessi continuato quella relazione, sarebbe stato il rapporto più sano che abbia mai avuto. Mi dispiace di essere stata così intimorita a farlo.

Racconto N.11

Ebbi un amico che incontrai quando avevo quindici anni. Andavamo d'accordo e sapeva di piacermi. Ero veramente innamorata di lui, subito dopo averlo incontrato. Eravamo presi tutto il tempo, ci divertivamo... Sapeva che volevo di più ma non voleva impegnarsi. L'ho portai al ballo di fine anno. Restammo amici.

Si fidanzò con una ragazza che era in cerca di soldi. Lo prendeva anche in giro. Non gli ho mai detto nulla perché non volevo rovinare la nostra amicizia. Ho pianto al suo matrimonio. Se potessi tornare indietro e fare tutto di nuovo, gli direi cosa provavo veramente e cosa stesse facendo quella ragazza nei suoi confronti. Forse non sarebbe cambiato nulla ma avrebbe, almeno, saputo come mi sentivo.

Siamo amici su Facebook. Ha cercato di incontrarmi di nuovo - ora sono sposata con due bambini e anche lui è sposato con quella ragazza e hanno due bambini. Dice che gli è dispiaciuto non avermi dato una possibilità vent'anni fa. Sono arrabbiata con lui, perché tutto ciò che volevo vent'anni fa, era lui e lo sapeva. Ora c'è una cosa: siamo entrambi sposati. Lo amo ancora dopo tutti questi anni e penso a cosa succederebbe se ci dovessimo "incontrare". Mi si sarebbe spezzato il cuore e lui avrebbe avuto la sua fetta di torta mangiandola tutta! Dice che non vuole confondere quello che ha - ma sono sicura che non voglia essere preso in trappola! Lo amerò sempre—ma fino a quando non siamo entrambi single -—per quanto faccia male—lo sto rifiutando. Spero che rimarremo amici e vedremo cosa ci riserverà il futuro ma non voglio perdere un uomo che veramente mi ama (mio marito) solo per una "probabile" relazione solo perché a lui dispiace non avermi dato una possibilità vent'anni fa.

Racconto N.12

Ero innamorata di qualcuno che esisteva solo alla fine di una bottiglia di Jameson. Per quasi cinque anni, sono stata presa da un ragazzo con il quale ero amica. Le persone hanno sempre pensato che ci fosse qualcosa tra noi ma non sapeva della mia esistenza, se non dopo aver bevuto tanto. Parlavamo, scherzavamo e ballavamo insieme... stavamo svegli per ore la notte e a volte ci siamo baciati. A volte ci siamo addormentati insieme sul divano. Aveva la testa sul mio ventre ed io gli accarezzavo i capelli mentre ascoltavamo la musica e lui cantava. Jack Johnson era il suo preferito.

Il mattino successivo, ci svegliammo e fu come se non fosse successo nulla... come se non mi avesse parlato di cose che non ha raccontato ad altri... come se non avesse guardato i miei occhi, non mi avesse detto che mi amava e che mi sarei presa cura di lui, come di nessun altro. Il mattino eravamo di nuovo amici. Se, invece, dei miei occhi avesse guardato dentro di me per vedere me e non qualcun'altra.

Anno dopo anno, ho sopportato tutto questo, solo per vederlo la notte di nuovo, perché mi avrebbe tenuta con sé di nuovo o ci saremmo addormentati tra le nostre braccia. È pazzesco quanto riesci a sopportare quando sei innamorata di qualcuno. Il mio cuore si è infranto ogni singolo giorno per lui ma non l'ha mai saputo... o non se n'è mai curato... o io non ero abbastanza per lui.

Infine, ho rotto la nostra amicizia e sono fuggita via per non ricadere in tentazione con lui perché, non importa quanto sia stato duro per me... era sempre lui.

Guardando indietro, è imbarazzante vedere quanto fossi pazza per lui. Quando ci penso, ci sto ancora male ma ora sono più forte, grazie a tutto questo. So cosa riuscirà a sopportare e cosa non riuscirò a tollerare. Le mie relazioni - sia di amicizia sia amorosa, sono migliorate grazie all'esperienza.

Racconto N.13

Ho incontrato il mio primo amore in una biblioteca. È stato amore a prima vista. Ora sono undici anni. Lo amo in continuazione ma non ho mai avuto la possibilità di dirglielo... è la più grande cosa che mi sia mancata in tutta la mia vita. Avrei dovuto dirglielo almeno una volta quanto lo amo. Comunque sono felice con il mio amore a senso unico.

Racconto N.14

Quando ero alla scuola superiore, qualcuno che mi piaceva mi invitò a uscire per ballare ma rifiutai perché pensavo fosse uno scherzo. Crescendo e ripensandoci, è chiaro che fossero interessati a me in modo sincero ma ero troppo insicura di me stessa e senza esperienza, per capire tutto in quel momento.

Racconto N.15

Mi sono innamorata perdutamente di un collaboratore. Era molto bello, dolce, single e proprio della mia età. Mi invitò in chiesa, in alcune occasioni, ma non sapevo che intenzioni avesse. Questo accadde per alcuni mesi. Finalmente uscimmo per un paio di appuntamenti ma, ancora, non avevo idea di cosa provasse per me. Lasciò il lavoro nello stesso mio ambiente e non seppi più nulla di lui per sei mesi. Mi fece una sorpresa a lavoro per il mio compleanno e mi portò a pranzo fuori. Finalmente riuscimmo ad avere una discussione onesta e aperta. Provava qualcosa di veramente forte per me ma pensava che non fossi tanto fedele e questo lo preoccupava. Devo ammettere che era molto più religioso di me ma dovevo pensare al futuro. Decisi di lasciarlo andare.

Racconto N.16

Quando ero giovane incontrai un ragazzo ad un campo estivo. Siamo rimasti in contatto per tanti anni e siamo cresciuti molto vicini. Ero innamorata di lui ma non gli chiesi mai di uscire perché mi sentivo come il maschio della situazione che avrebbe dovuto farsi avanti. Quando divenni più grande, mi sentii come se mi fossi persa più di una storia romantica, per quello che avevo appreso sulla storia dei ruoli. Abbiamo confessato i nostri sentimenti, con il passare degli anni, ma stavamo uscendo con altre persone. Le altre ragazze erano più avanti di me ed io non ebbi mai un appuntamento con lui. Uno dei fattori era la distanza, poiché viveva in una contea diversa. Alla fine, imparai la lezione di farmi avanti più spesso, piuttosto che aspettare il primo passo degli uomini.

Racconto N.17

Questa persona era qualche anno più giovane di me e mi sono veramente presa cura di lui. Al momento, non aveva ambizioni particolari. Stavo andando al college e viveva per le strade. Ci incontrammo a un appuntamento al buio. Fissammo diversi appuntamenti, per circa un anno o due, e poi rimasi incinta ma decisi di abortire (ne discutemmo tanto prima di farlo). Non eravamo pronti per essere genitori. Siamo rimasti amici dopo la rottura e uscì con qualche altra ragazza da qualche suo rifugio senza tetto. Mi chiedo spesso cosa gli sia successo. Spero stia bene e sia felice.

Racconto N.18

Incontrai questo ragazzo che faceva l'addestratore di cavalli ad una corsa di cavalli su pista. Quando ero con lui, non riuscivo a parlare. Rimasi immobile lì e fisicamente mossi solo le mie scarpe. Mi chiese di uscire, con un appuntamento, e fu stupendo. Venivamo da due mondi differenti, così io non riuscivo a entrare interamente nel suo. Mi è stato detto che voleva chiedermi di sposarlo ma non me l'ha mai chiesto. Fino ad oggi, penso a cosa sarebbe successo. Come sta? Ha dei bambini? Si è sposato? Non tornerei indietro perché AMO MIO MARITO!

Racconto N.19

Sinceramente parlando, quando avevo vent'anni ero fidanzato seriamente con una ragazza. Ora lei è sposata ma resta il fatto che eravamo follemente innamorati. Anche se avremmo potuto fare gli amanti, abbiamo perso alcune opportunità. Non mi dispiace perché non possiamo negare ciò che è successo, dobbiamo solo accettarlo.

Altri Libri di Leroy Vincent

Finding Your Match
Fun Dog Days
Fun Dog Days Coloring Bool
Funny Cat StoriesFunny Cat Stories
Heartbreak Hotel
Hilarious Children
Il Romanzo dei Rimpianti
Christmas Coloring Pages
Mystic Elves Coloring Pages
Funny Cat StoriesFunny Cat Stories

La tua recensione e i tuoi consigli fanno la differenza

Le recensioni e i consigli sono fondamentali per il successo di qualunque autore. Se ti è piaciuto questo libro scrivi una breve recensione, bastano davvero poche righe, e parla ai tuoi amici di ciò che hai letto. Aiuterai l'autore a creare nuove storie e permetterai ad altri di divertirsi come hai fatto tu.

Il tuo sostegno è importante!

Sei in cerca di un'altra bella lettura?

I tuoi libri, la tua lingua

Babelcube Books aiuta i lettori a trovare nuovi libri da leggere. Giochiamo a trovare la tua anima gemella, facendoti incontrare il tuo prossimo libro.

Il nostro catalogo è composto da libri prodotti su Babelcube, un luogo di scambio che permette l'incontro tra autori e traduttori e distribuisce i loro libri in diverse lingue in tutto il mondo. I libri che troverai sono stati tradotti per permetterti di scovare bellissime letture proprio nella tua lingua.

Siamo orgogliosi di poterti offrire tutti i libri del mondo.

Se vuoi saperne di più sui nostri titoli esplora il catalogo e iscriviti alla nostra newsletter per conoscere tutte le prossime uscite, vieni a trovarci su:

www.babelcubebooks.com[1]

---

1. http://www.babelcubebooks.com/

www.ingramcontent.com/pod-product-compliance
Lightning Source LLC
LaVergne TN
LVHW042005060526
838200LV00041B/1882